KB035837

할머니가 필요해!

할머니가 필요해!

초판 제1쇄 발행일 2008년 2월 25일
초판 제39쇄 발행일 2022년 3월 20일
글·그림 미셸 에드워즈 옮김 장미란
발행인 박헌용, 윤호권 발행처 (주)시공사
주소 서울시 성동구 상원1길 22, 6-8층 (우편번호 04779)
대표전화 02-3486-6877 팩스(주문) 02-585-1247
홈페이지 www.sigongsa.com/www.sigongjunior.com

Zero Grandparents: A Jackson Friends Book
Copyright ⓒ 2001 by Michelle Edwards
All rights reserved.
Korean translation copyright ⓒ 2008 by Sigongsa Co., Ltd.
This Korean edition was published by arrangement with Harcourt, Inc.
through Shin Won Agency Co.

이 책의 한국어판 저작권은 Shin Won Agency를 통해
Harcourt, Inc.와 독점 계약한 (주)시공사에 있습니다. 저작권법에 의해
한국 내에서 보호받는 저작물이므로 무단 전재와 무단 복제를 금합니다.

ISBN 978-89-527-8690-6 74840
ISBN 978-89-527-5579-7 (세트)

*시공사는 시공간을 넘는 무한한 콘텐츠 세상을 만듭니다.
*시공사는 더 나은 내일을 함께 만들 여러분의 소중한 의견을 기다립니다.
*잘못 만들어진 책은 구입하신 곳에서 바꾸어 드립니다.

KC마크는 이 제품이 공통안전기준에 적합하였음을 의미합니다.
제조국 : 대한민국 사용 연령 : 8세 이상
책장에 손이 베이지 않게, 모서리에 다치지 않게 주의하세요.

할머니가
필요해!

미셸 에드워즈 글·그림 | 장미란 옮김

시공주니어

차례

할머니가
필요해!

놀라운 소식

캘리오프 제임스는 학교로 쏜살같이 뛰어갔어요. 2학년 학교생활은 너무나 즐거웠어요.

캘리오프는 단짝 친구인 하위와 파 리아와 같은 반이었어요. 바로 2학년 1반 페너시 선생님 반이었지요. 캘리오프는 파 리아 뒤에 앉았어요. 하위는 캘리오프 뒤에 앉았고요. 이렇게 가장 친한 친구 셋이 한 줄로 앉았어요.

캘리오프는 단짝 친구들에게
"안녕." 하고 인사했어요. 친구
들에게 활짝 웃어 주고 자리에
앉았지요. 그러고는 연필을 꺼
내어 끝이 뾰족한지 살펴보았
어요. 캘리오프는 끝이 좀 뭉툭
하다고 생각했어요.

사각사각.

캘리오프는 아주 뾰족한 연필
심을 좋아했어요.

사각.

이제 준비가 다 되었어요.

캘리오프는 페너시 선생님이 "지금부터 수학을
공부하겠어요."라고 말하기만 손꼽아 기다렸어요.
날마다 아침 첫 시간에 수학을 공부하는데, 캘리오
프는 수학을 무척 좋아하거든요.

페너시 선생님이 인사했어요.

"안녕하세요, 여러분."

캘리오프는 허리를 곧추세우고 똑바로 앉았어
요. 그러고는 연필 끝을 만져 보았어요.

'딱 좋아.'

선생님이 말했어요.

"오늘은 수학 공부를 하기 전에 중요한 소식을
하나 전하겠어요."

'수학 공부보다 중요한 것도
있나?'

캘리오프는 미술 숙제가
아니기를 바랐어요. 손이
풀 범벅이 되는 건 너무
너무 싫거든요.

선생님이 말했어요.

"다들 조용히 하면

놀라운 소식을 알려 줄게요."

어쩌면 동물원이나 어린이 박물관이나 과학 박
물관으로 견학을 갈지도 몰라요. 캘리오프는 가슴
이 두근두근 뛰었어요.

'견학 가면 참 좋겠다.'

캘리오프는 얼른 얌전히 손을 모아 쥐고 선생님
말을 기다렸어요.

뜻 깊은 날

페너시 선생님이 아이들에게 말했어요.

"다음 주 수요일에 '할아버지 할머니의 날' 행사가 열릴 거예요. 할아버지 할머니를 학교에 모셔 오세요. 환영하는 시간을 보낸 뒤 할아버지 할머니가 어떤 분인지 이야기해 주도록 해요."

캘리오프는 자기도 모르게 고개를 푹 수그렸어요.
선생님이 말했어요.

"굉장한 다과회도 열 거예요. 아주 뜻 깊은 날이
되겠지요?"

캘리오프는 앞니 사이의 빈틈을 혀로 깔짝거려
보았어요. 그러고는 공책에 온통 '0'자만 썼어요.

'0. 0. 0.'

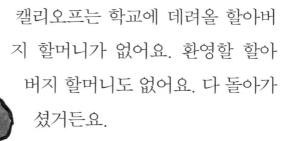

캘리오프는 학교에 데려올 할아버
지 할머니가 없어요. 환영할 할아
버지 할머니도 없어요. 다 돌아가
셨거든요.

선생님이 부드럽게 말했어요.

"할아버지 할머니가 안 계시
는 사람도 있을 거예요. 그러면 특별한 친구를 데
려와도 좋고, 친구의 할아버지 할머니를 모시고 와
도 좋아요."

파 리아가 돌아보았어요. 파 리아는 캘리오프를
보고 웃어 주었어요.

하위는 캘리오프의 어깨를 다독거려 주었어요.

파 리아와 하위는 할머니가 있었어요. 둘 다 할

머니랑 같이 살고 있지요.

　캘리오프는 팔을 긁었어요. 살갗이 따끔거리고 간지러웠어요. 눈이 뜨거워지면서 눈물이 핑 돌았어요. 캘리오프는 단짝 친구들의 할머니를 할머니로 삼고 싶지 않았지요.

　자기만의 할아버지 할머니가 갖고 싶었어요.

할머니가 없잖아

캘리오프는 집에 오자마자 부엌으로 뛰어 들어
갔어요. 그러고는 가방을 냅다 벗어 던졌어요.
쿵!
엄마가 놀라서 물었어요.
"무슨 일 있니?"

21

"네."

캘리오프는 할로윈데이 때 받은 사탕 봉지와 사과를 집어 들며 말했어요.

"다음 주 수요일이 할아버지 할머니의 날이에요."

그러고는 사탕 봉지를 도로 탁자에 털썩 내려놓았어요.

"그런데 전 모시고 갈 할머니 할아버지가 없잖아요."

캘리오프는 사과를 한 입 크게 베어 물었어요.

와삭.

"우리 할아버지 할머니는 다 돌아가셨다니 너무해요."

엄마가 말했어요.

"내가 가지 뭐."

"엄마는 할머니가 아니잖아요."

엄마가 말했어요.

"이렇게 머리카락도 희끗희끗한데, 누가 알겠니?"

'전 알아요. 다른 사람들도 다 알 거예요.'

"됐어요."

캘리오프는 이렇게 말하고는 엄마한테 막대 사탕을 주었어요. 엄마는 막대 사탕을 가장 좋아하거든요.

'할머니가 살아 있다면 할로윈 사탕도 같이 나누어 먹을 텐데.'

캘리오프는 조그만 초콜릿 네 개를 사과 옆에 놓아두었어요. 그러고는

23

사탕을 세어서 도로 봉지에 넣었어요.

"······아흔일곱, 아흔여덟, 아흔아홉, 백."

캘리오프는 할로윈 사탕이 백 개나 되지만, 할머니는 한 분도 없어요.

골디 할머니

오늘 2학년 1반 아이들은 할아버지 할머니의 날을 위해 종이 왕관을 만들기로 했어요.

'웩, 싫어라.'

캘리오프는 2학년 모두의 적인 개구쟁이 스턴이랑 같이 만들어야 했어요.

'웩웩, 더 싫어.'

페너시 선생님이 말했어요.

27

"이제 다 깨끗이 치우세요. 그러고 나면 점심 먹기 전에 이야기를 하나 들려주겠어요."

캘리오프는 선생님이 책 읽어 주는 시간을 무척 좋아했어요. 캘리오프는 개수대로 쌩 달려가 풀 묻은 손을 씻었어요. 종이 조각들도 주워서 쓰레기통에 던져 넣었고요. 교실이 깨끗해지자 선생님이 책을 꺼내 들었어요.

"오늘 이야기는 골디 할머니라는 특별한 할머니 이야기란다."

'할머니나 나오는 시시한 이야기 따위는 듣기 싫어!'

캘리오프는 귀를 막고 싶었어요. 하지만 골디 할머니는 정말로

특별했어요. 골디 할머니는 동
물과 이야기를 나눌 수 있었
대요. 또 착하고 친절하고 지
혜로웠어요. 골디 할머니가 노
래를 부르면 풀과 꽃이 쑥쑥 자
랐어요. 골디 할머니가 안아 주면 아
무리 상처받은 사람도 다 나았고요.

　　캘리오프는 골디 할머니가 자기를
　　꼭 안아 주었으면 좋겠다고 생각
　　했어요.
　　　'왜 다들 할머니가 있는데
　　　나만 없을까?'
　　　　점심을 먹으면서
　　　하위가 말했어요.
　"진짜 멋진 이야기 아니었니? 골디 할머니 너무
좋더라."

"으으으."

캘리오프가 오들오들 떨었어요. 몸이 으슬으슬 추웠어요. 손이 얼음장같이 차가웠어요.

파 리아가 걱정스럽게 물었어요.

"왜 그러니?"

캘리오프가 대답했어요.

"아무것도 아냐, 전혀. 아무것도 아니야."

하위가 말했어요.

"쿠키 하나 먹어. 우리 할머니가 만든 땅콩버터 쿠키야."

캘리오프는 쿠키를 받았어요.

'할머니가 있다면 날마다 같이 쿠키도 구울 텐데.'

캘리오프는 점심을 남겼어요.

"할아버지 할머니의 날 따위 너무 싫어."

캘리오프가 투덜거렸어요.

가엾은 캘리오프!
캘리오프네 할아버지 할머니는 어디 있어?
하, 하, 하!
캘리오프는 할아버지 할머니도 없대?
너무 안됐다!
캘리오프는 사랑해 줄 사람도 없는 거야?

불쌍해!
개라도 데려오지.
가엾은 캘리오프!

우리
할아버지
할머니는
살아 계셔서
정말 다행이야.

우리
할머니가
없었으면
난 어쩔
뻔했어?

가엾은
캘리오프!

하, 하, 하!

캘리오프가 안됐지 않니?
캘리오프처럼 한 분도 데려오지 못한다면
난 그냥 집에 있을래.
불쌍해라!
가엾은 캘리오프!
불쌍해라!
가엾은 캘리오프!

사진첩

내일이면 할아버지 할머니들이 잭슨 마그넷 초등학교에 올 거예요.

캘리오프는 혼자 쓸쓸히 오겠지요. 개구쟁이 스턴은 할아버지를 데려온대요.

할머니도 없다뭐.

캘리오프네 엄마 아빠도 오겠다고 했어요. 하지만 부모님은 할아버지 할머니가 아니잖아요.

캘리오프는 침대에 앉아 사진을 구경했어요. 아빠가 사진이 가득 든 커다란 사진첩을 주었거든요. 엄마 아빠 사진, 고모와 삼촌들 사진, 사촌들 사진

이 있었어요. 맨 뒤쪽에는 캘리오프의 할머니 플로리 소피아 터닙시드의 낡은 사진이 있었어요. 할머니는 캘리오프가 태어나기도 전에 돌아가셨대요.

캘리오프는 할머니의 사진을 빼서 거울 옆에 놓았어요.

할머니는 따스하게 웃고
있었어요. 할머니도 캘리
오프랑 똑같이 앞니가 벌
어져 있었어요.

플로리 소피아 터닙시드

할머니 얼굴은 상냥해
보였어요. 할머니도 캘
리오프랑 똑같이 얼굴이

주근깨투성이었지요.

캘리오프는 할머니의
큼직한 손을 보았어요. 캘
리오프의 손도 똑같이 큼
직했어요.

할머니가 돌아가시지
않았다면 얼마나 좋을까
싶었어요. 정말 멋진 할
머니가 되어 주었을 텐데 말이에요.

캘리오프는 생각했어요.
'할머니가 살아 계셨다
면 학교에 모시고 가서
아이들한테 할머니 이야
기를 들려주었을 텐데.
난 틀림없이 우리 할머니
에 대해 백 가지 정도는 알고
있을 거야.'

　첫째로 할머니는 뜨개질 솜씨
가 훌륭했어요. 할머니가 짠 장
갑 한 켤레와 레이스 모양의 숄
을 보면 알 수 있어요.

　캘리오프는 할머니가 짠 숄
을 꺼냈어요. 그러고는 숄을
어깨에 둘러 보았어요. 꼭 누
군가가 안아 주는 것처럼 포

근했어요.

　캘리오프는 거울을 뚫어지게 바라보았어요. 앞니 사이로 휘파람을 불기도 했어요. 얼굴을 움직여 주근깨들이 춤추게 해 보기도 했고요. 손을 한데 비비기도 했어요. 할머니는 돌아가셨지만 여전히 캘리오프의 할머니였어요.

　'지금도 앞으로도 영원히요. 나만의 할머니.'

캘리오프가 속삭였어요.
"플로리 소피아, 나의 할머니."

플로리 소피아, 나의 할머니.

할아버지
할머니의 날

캘리오프는 종이 가방을 책상으로 끌고 가서 자리에 앉았어요.

페너시 선생님이 알렸어요.

"잭슨 마그넷 초등학교에 오신 것을 환영합니다. 여러분 모두를 모시게 되어 정말 기쁩니다."

캘리오프가 교실을 둘러보며 세어 보니 할아버지 할머니들은 모두 스물다섯 분이 와 있었어요.

선생님이 말했어요.

"우리의 특별한 손님들을 잘 알게 되는 자리가 되면 좋겠습니다. 누가 먼저 할까요? 하위?"

하위가 말했어요.

"저희 할머니 가디니어 스미스는 세상에서 빵을 가장 잘 만드십니다. 할머니가 만든 고구마 파이를 맛보면 금방 아실 거예요."

개구쟁이 스턴이 놀렸어요.

"웩."

선생님은 그다음 차례로 스턴을 불렀어요.

개구쟁이 스턴네 할아버지는 꼭 산타클로스 할아버지 같았어요. 캘리오프는 눈을 끔벅끔벅하

면서 생각했어요.

'진짜 할아버지가 아닐 거야.'

개구쟁이 스턴이 말했어요.

"우리 할아버지 버니 스턴은 학교 다닐 때 수업 시간에 개구리들을 풀어 놓고는 했대요. 아이들이 다들 비명을 질러 댔지요."

'스턴네 할아버지 맞구나. 틀림없어.'

아이들은 너도 나도 먼저 이야기하고 싶어 했어요. 선생님은 올리브 에이치를 골랐어요. 올리버 에이치는 특별한 친구 마티네즈 부인을 두고 쓴 시를 읽었어요.

더 많은 아이들이 할아버지나 할머니를 소개했어요. 어떤 아이들은 할아버지 할머니 두 분 다 데려오기도 했어요. 캘리오프는 아이들 이야기에 귀를 기울이려고 애썼어요. 이윽고 선생님이 파 리아를 불렀어요.

파 리아가 말했어요.

"우리 할머니 카 기 모우아는 라오스에서 태어나셨어요. 할머니는 '이야기가 담긴 천'을 만드세요. 이건 할머니가 저한테 만들어 주신 거예요. 할머니는 할머니의 할머니한테서 바느질하는 법을 배웠대요. 이제 할머니는 저를 가르쳐 주고 있어요."

파 리아와 할머니가 자리에 앉았어요. 반 아이들은 모두 한 번씩 이야기를

했어요. 캘리오프만 빼고
모두요. 할아버지 할머니
의 날은 이제 끝났어요.
캘리오프는 종이 가방
을 꽉 움켜쥐었어요. 가
방이 와락 구겨지는 게
느껴졌어요.

캘리오프가 손을 들고 조용히 말했어요.

"저희 할머니 이야기를
하고 싶어요."

선생님이 말했어요.

"그래. 너희 할머니
이야기를 듣고 싶구나,
캘리오프."

개구쟁이 스턴이 낄
낄거렸어요.

"쟤네 할머니는 유령이래요."

스턴네 할아버지도 옆에서 껄껄 웃었어요.

캘리오프는 엉덩이가 의자에 딱 달라붙어 버린 것 같았어요.

'괜히 나선 건지도 몰라.'

나만의 할머니

캘리오프는 선생님 책상에 종이 가방을 올려놓았어요.

개구쟁이 스턴이 말했어요.

"저 안에 할머니 유령이 들었는지도 몰라."

캘리오프는 개구쟁이 녀석을 째려보았어요. 그러고는 조용히 이야기를 시작했어요.

"우리 할머니 이름은 플로리 소피아 터닙시드입

49

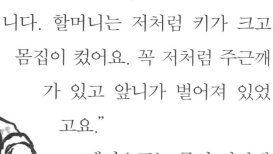

니다. 할머니는 저처럼 키가 크고 몸집이 컸어요. 꼭 저처럼 주근깨가 있고 앞니가 벌어져 있었고요."

캘리오프는 종이 가방에서 할머니 사진을 꺼냈어요. 그러고는 아이들에게 사진을 보여 주었지요.

"우리 할머니는 아이오와 주에 있는 웨스트브랜치 마을에서 뜨개질을 가장 잘했어요."

캘리오프는 다시 종이 가방에 손

을 넣었어요.

"우리 할머니가 이 숄을 만드셨어요. 가장 작은 바늘로, 호수가 0, 0, 0인 바늘로 짠 거예요."

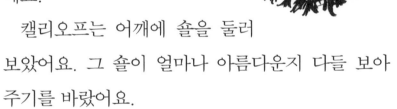

캘리오프는 어깨에 숄을 둘러 보았어요. 그 숄이 얼마나 아름다운지 다들 보아 주기를 바랐어요.

"이 숄은 수많은 코를 하나하나 정성스레 떠서 만든 거예요. 실이 얼마나 가느다란지 할머니의 결혼반지에 숄을 끼워도 다 들어갈 정도였지요."

캘리오프는 목을 가다듬고 다시 말했어요.

"우리 할머니는 농장에서 닭들을 키웠어요. 밤에는 별을 공부했고요. 모르는 별자리 이름이 없었답

51

니다. 한 암탉에는 '작은 곰'이라는 이름을 붙여 주었고 수탉에는 '오리온', 고양이는 '카시오페이아', 개한테는 '황소'라는 이름을 붙여 주기도 했지요."

목소리가 떨렸어요. 캘리오프는 숨을 깊이 들이마시고 속으로 열까지 세었어요.

그러고는 이야기를 계속했어요.

"저는 우리 할머니에 대해 많이 알아요. 할머니는 제가 태어나기도 전에 돌아가셨지만 아직도 저의 한 부분이에요."

캘리오프는 입 안이 바짝 말랐어요. 누구보다도 오랫동안 이야기를 하고 있었어요. 어쩌면 너무 오래 했는지도 몰라요.

캘리오프는 종이 가방을 쥐고 제자리로 돌아왔어요. 그러고는 눈을 감았지요. 오늘 아예 학교에 오지 말걸 그랬다고 후회했어요. 집에서 이불을 덮고 누워 쿨쿨 잠이나 잘

걸 그랬다고 후회했어요. 캘리오프는 눈을 떴어요.
모두들 캘리오프를 보고 있었어요.

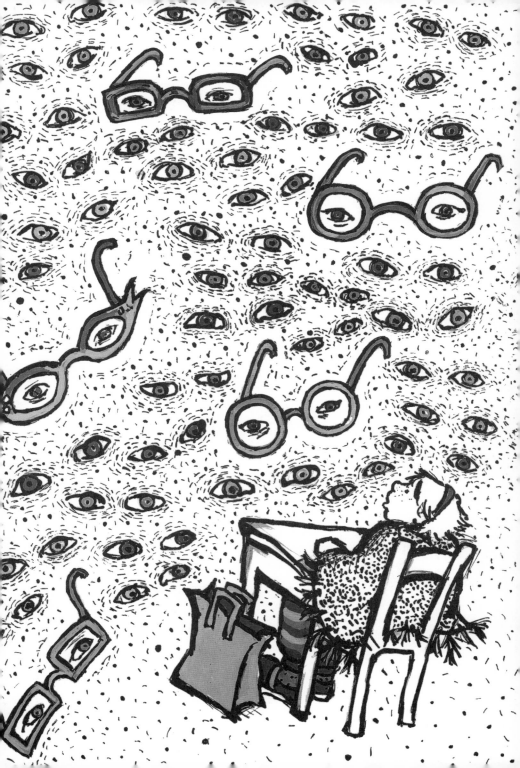

파이

선생님이 말했어요.

"고맙구나, 캘리오프. 너희 할머니는 아주 멋진 분인 것 같아. 직접 할머니를 뵐 수 있었으면 좋았을 텐데. 우리 반 친구들 모두와 훌륭하신 할머님 할아버님들, 특별한 친구 분들께 고맙다고 인사드립니다. 여러분 모두에게 많은 걸 배웠습니다."

캘리오프는 할머니의 숄로 얼굴을 가렸어요. 다

들 자기를 그만 좀 쳐다보길
바랐어요.

　스턴이 물었어요.

　"이제 먹어도 돼요?"

　캘리오프는 부드

　러운 솔을 잘

　근잘근 씹었어요.

　어서 이 행사가 끝나기만 바랐지요.

　선생님이 말했어요.

　"그러렴, 스턴. 이제부터

다과 시간이에요."

　누군가 캘리오프 어깨에

살짝 손을 올렸어요.

　하위네 할머니였어요.

　"캘리오프, 정말 뜻 깊

은 이야기였다."

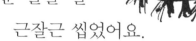

캘리오프는 숄 아래에서 빠끔 내다보았어요.

"너희 할머니가 오늘 오셨다면 널 무척 자랑스러워하셨을 거야."

하위네 할머니는 캘리오프에게 입을 쪽 맞추어 주었어요.

캘리오프는 온몸이 따스
해지는 것 같았어요.

'하위네 할머니는 우리
할머니가 날 자랑스러워
할 거라고 생각하셔.'
캘리오프는 숄을 벗어
종이 가방에 넣었어요.
그러고는 고개를 들었어요. 파 리아와 할머니가
캘리오프를 보고 웃었어요.
파 리아가 말했어요.
"우리 할머니가 그러는데, 넌
정말 좋은 손녀래."
캘리오프는 싱긋 웃었어요.
'파 리아네 할머니는 내가
좋은 손녀라고 생각하신대!'
캘리오프는 종이 가방 속에

손을 넣었어요. 할머니의 숄은 아직도 따스했어요.
캘리오프는 손을 더 깊이 넣어 보았어요. 그러고는
할머니 사진을 찾아서 호주머니에 넣었어요.

그때 개구쟁이 스턴이 캘리오프 뒤로 살금살금
다가와서 머리카락을 확 잡아당겼어요.

"아야!"

캘리오프가 비명을 질렀어요.

"우아, 진짜 이가 크네요, 할머니."

61

캘리오프가 스턴에게 으르렁거리며 말했어요.

"널 잡아먹기에는 딱 좋지."

개구쟁이 스턴은 깜짝 놀란 것 같았어요. 스턴네 할아버지는 캘리오프와 손을 탁 마주쳤어요. 이제 보니 할아버지 할머니의 날도 그다지 나쁘지 않았어요.

캘리오프는 다과 탁자로 다가가서 말했어요.

"파 리아 할머니, 저도 그 파이 먹을래요!"

# 작가의 말

어느 날 2학년이던 우리 딸이 아주 속상해하며 학교에서 돌아왔습니다. 저한테 종이를 한 장 주더군요. 바로 할아버지 할머니의 날 행사를 연다는 내용이었습니다. 아이들이 특별한 노래를 부르고, 할아버지 할머니를 위해 다과를 곁들인 파티를 열고 사진도 찍는다고 했습니다. 즐거운 행사들이 많이 마련되어 있었지요.

하지만 우리 딸은 할아버지 할머니가 이미 세상을 떠나서 슬퍼했습니다. 그러니 어떻게 할아버지 할머니의 날을 즐겁게 보낼 수 있겠어요?

딸은 "너무 불공평해."라고 말했습니다.

그 말은 옳았습니다. 제가 아무리 딸을 사랑한다 해도 세상을 좀 더 공평하게 만들 수는 없었습니다. 할아버지 할머니를 만들어 줄 수도 없었고요. 하지만 영리하고 차분한 2학년 아이를 주인공으로 한 이야기는 쓸 수 있었습니다.

캘리오프 제임스 같은 아이 말이에요.

할아버지 할머니의 날 행사 때문에 캘리오프는 혼자가 된 듯한 기분이 듭니다. 우리 모두 그런 기분을 느낄 때가 있지요. 하지만 캘리오프는 문제를 창조적으로 풀기 위해 열심히 생각하고 자기 안을 깊이 들여다봅니다. 그러고는 해결책을 찾아내지요.

혼자가 된 것 같은 기분을 해결하는 방법은 그 밖에도 많습니다. 우리 딸은 어떻게 했는지 궁금한가요? 딸아이는 머리가 희끗희끗한 저를 학교에 데려갔습니다. 우리는 사진을 찍고 케이크도 먹으며 아주 즐거운 시간을 보냈답니다.

❀ 파 리 아 방 ❀

나비와 생쥐 그리기를 좋아하고,
옆으로 재주넘는 법을 배우고 있어요.
가장 좋아하는 음식 : 국수

파 리 아 방은 잭슨 마그넷 초등학교에 전학
온 베트남 여자 아이예요. 할머니와 베트남 전통
천을 짜며 배운 바느질 솜씨가 으뜸이랍니다.

❖ 캘리오프 터닙시드 제임스 ❖

수학 공부를 좋아하고,
뜨개질을 배우고 있어요.
가장 좋아하는 음식 : 초콜릿 과자

캘리오프는 금발 머리에 주근깨가 얼굴 가
득히 있지요. 처음 보는 친구에게도 다정하
게 말을 거는 상냥한 친구랍니다.

★ 하워디나 제럴디나 폴리나 ★ 맥시나 가디니어 스미스

10단 변속 자전거가 있고, 기어를 모두 사용하는 법을 배우고 있어요.
가장 좋아하는 음식 : 고구마 파이

하위는 꼭 안아 주고 싶은 곰 인형처럼 귀여운 친구예요. 예쁘게 꾸미기를 좋아하고, 가수가 되는 것이 꿈이랍니다.

✸ 매튜 '개구쟁이' 스턴 ✸

'해럴드'라는 박제 고슴도치를 키우고, 손을 놓고 자전거를 탈 줄 알아요.
가장 좋아하는 음식 : 카우보이 구운 콩

'2학년 모두의 적'이라고 불리는 스턴은 짓궂은 장난을 참 좋아해요. 하지만 친구가 슬퍼할 때면 즐겁게 달래 주기도 하는 아이랍니다.

옮긴이의 말

캘리오프는 할머니가 없어서 속상해요. 다정한 할머니가 없는 것뿐만 아니라, '할아버지 할머니의 날'에 데려갈 사람이 없다는 사실이 더 싫지요. 하지만 캘리오프는 돌아가신 할머니와 닮은 점을 하나씩 찾아보다가 자기 안에서 할머니의 모습을 발견합니다. 할머니에 대해 조금씩 알아가면서 그 기억을 소중히 간직하지요. 이렇게 캘리오프는 과거의 할머니와 다시 만나고, 다른 아이들처럼 할머니를 갖게 됩니다.

여러분도 없는 것이 있다고 해서 속상해하지 마세요. 여러분 자신이 가장 소중하니까요. 그리고 자신에게 필요한 것은 스스로 만들어 나가도록 노력하세요. 마음속에 할머니를 갖게 된 캘리오프처럼 말이에요.

장미란